SPANISH
E
BRO

Brown, Marc Tolon.

El cachorrito de
Arturo.

Grades K-2
04-1203

$15.45

DATE			

MARC BROWN

El cachorrito de ARTURO

Traducido por Esther Sarfatti

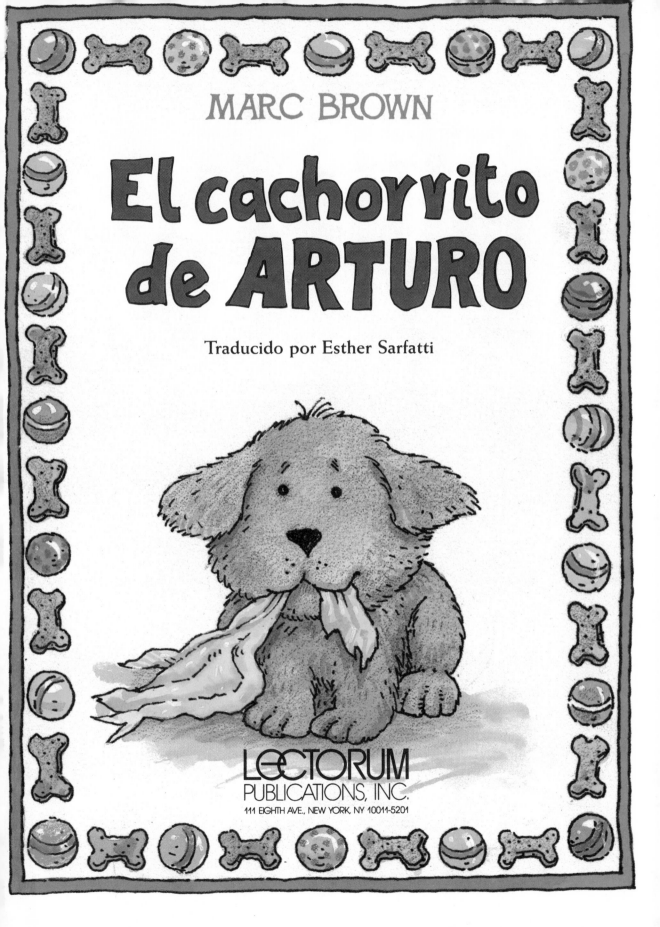

LECTORUM
PUBLICATIONS, INC.
111 EIGHTH AVE., NEW YORK, NY 10011-5201

Muchas gracias a Dorothy Crawford, a la familia Kriegstein
y a sus perros, que tanta suerte tienen.

EL CACHORRITO DE ARTURO
Spanish translation copyright © 1999 by Lectorum Publications, Inc.
Copyright © 1993 by Marc Brown. "ARTHUR," "D.W." and all of
the Arthur characters are registered trademarks of Marc Brown.
Originally published in the United States by Little, Brown and
Company, under the title ARTHUR'S NEW PUPPY.

Library of Congress Cataloging-in-Publication Data

Brown, Marc Tolon.
  [Arthur's new puppy. Spanish]
  El cachorrito de Arturo/por Marc Brown; traducido por Esther Sarfatti.
    p. cm.
  Summary: Arthur's new puppy causes problems when it tears the
living room apart, wets on everything, and refuses to wear a leash.
  ISBN 1-880507-59-5 (pbk.)
  [1. Dogs Fiction. 2. Pets Fiction. 3. Aardvark Fiction.
4. Animals Fiction. 5. Spanish language materials.] I. Title.
[PZ73.B6846 1999]
[E]—dc21   99-25104
                                                              CIP

Arturo quería mucho a su cachorrito.

Y Pal quería mucho a Arturo.

—Es un cachorrito muy activo —dijo Arturo.

—Es un cachorrito muy *travieso* —dijo D.W.

—No te preocupes —dijo Arturo—. Le voy a enseñar a portarse bien.

–Ésta es tu nueva casa –le dijo Arturo–. Tendrás todo
el garaje para ti.

Pero a Pal no le gustaba el garaje.

Tan pronto lo ponían en el piso, Pal corría a esconderse.

–Se siente solo –dijo Arturo–. ¿Podría quedarse en casa?
¿Por favor, mamá?

–Bueno, está bien –dijo mamá–, pero sólo por un par de días.

Arturo le preparó a Pal un rincón acogedor en la cocina.

–Pensé que te podrían hacer falta algunos periódicos –dijo D.W.

Arturo sujetaba a Pal con cuidado, tal y como había visto en el libro sobre el cuidado de los perros.

–Mira qué contento está –dijo Arturo.

–Mira cómo te ha dejado los pantalones, de lo contento que está
–dijo D.W.

–No importa –dijo Arturo–. Es sólo un bebé.

–Pues yo creo que los perritos bebés deberían llevar pañales –dijo D.W.

Más tarde, Pal terminó su cena en un dos por tres.

—Cuidado —dijo D.W.—. Allá va otra vez.

—Rápido —dijo Arturo—. Dame la correa.

Pero cuando vio la correa, Pal corrió a esconderse.

–Creo que no le gusta la correa –dijo D.W.

–Ayúdame a encontrarlo –pidió Arturo.

–Parece que me equivoqué –dijo D.W.

–No. Tenías razón –dijo Arturo–. Mira lo que hizo.

Esa noche, cuando todos estaban dormidos, Pal empezó
a lloriquear y a aullar hasta que despertó a toda la familia.
—Duérmete —dijo Arturo.
Pero Pal quería jugar.
—No te olvides de cerrar la puertecita —le recordó mamá.
—Buenas noches —dijo papá.
—Buena suerte —dijo D.W.

A la mañana siguiente, Arturo amaneció en la cocina.

–Despierta, dormilón –dijo D.W.–, y mira a ver por dónde pisas.

–¡Oh, no! –dijo Arturo–, se me olvidó cerrar la puerta.

–Puedes recogerlo con esta palita –dijo mamá.

–Esto no es nada –dijo papá–, ya verás la sala.

Pal parecía muy orgulloso de sí mismo.

—¡Mis cortinas nuevas! —exclamó mamá.

—¡Mi muñeca! —gritó D.W.

—¡Te has portado muy mal! —le dijo Arturo.

—Pal tiene que volver al garaje —ordenó mamá.

—Aquí está la llave —dijo papá—. Después de la cena,
te ayudaré a llevar sus cosas al garaje.

Papá dejó la llave sobre la mesa de la entrada.

Después de recoger las cosas de Pal, Arturo fue a buscar
la llave, pero no la encontró.
Toda la familia se puso a buscarla.
Mientras tanto, Pal los observaba.
—Tiene que estar en algún lugar —dijo mamá.
Pero no la encontraron por ninguna parte.

–Parece que puedes quedarte en la casa una noche más
–le dijo Arturo a Pal.

–Oí a mamá y a papá hablando en voz baja –dijo D.W.–.
Más vale que le enseñes pronto. Si no, ya verás. . .

–Calla –dijo Arturo–, que Pal te va a oír.

Esa noche, Arturo se acordó de cerrarle la puerta a Pal.

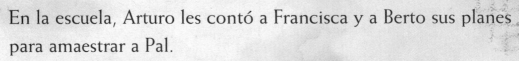

En la escuela, Arturo les contó a Francisca y a Berto sus planes
para amaestrar a Pal.

–Le voy a enseñar a hacer muchas cosas –dijo Arturo.

—Yo también tenía un cachorrito —dijo Berto—. Pero era muy travieso. Mis papás lo llevaron a una granja.

—Mi prima tenía un cachorrito que era un verdadero problema —dijo Francisca—. Nadie podía amaestrarlo, y un día desapareció mientras mi prima estaba en la escuela.

Después de clase, Arturo se fue a casa corriendo.

–¡Oh, no! –dijo Arturo–. ¿Qué pasó?

–Quise sacarlo a pasear –dijo D.W.–, pero cuando vio la correa, se volvió loco. Más vale que pongas todo en orden antes de que venga mamá.

—¿Dónde está mamá? —preguntó Arturo.

—En el jardín —dijo D.W.—. Está buscando la llave del garaje.

—¿Has visto el libro sobre perros? —preguntó Arturo.

—Lo que queda de él está allí —señaló D.W.

–Esa noche, Arturo le dio a Pal las dos primeras clases.

–Yo te ayudaré a amaestrar esa bestia –dijo D.W.–. Voy a buscar mi látigo.

–¡No! –dijo Arturo–. Los perros responden mejor al cariño.

–Mira –dijo Arturo–. Ya está aprendiendo.

–Siéntate –dijo Arturo.

—Échate —dijo Arturo.

—Quieto —ordenó Arturo.

—Hay algo que sí entiende bien —dijo D.W.—.
Vamos a pasear, Pal.

—Es sólo cuestión de tiempo —dijo Arturo.

Pero Pal necesitaba bastante tiempo.

Arturo convirtió el jardín de su casa en una escuela para perros.

El lunes, le enseñó a sentarse.

El martes, le enseñó a tumbarse.

El miércoles, a estarse quieto.

Cuando llegó el jueves, Pal ya sabía hacer muchas cosas.

—¡Estupendo! —le dijo Arturo y decidió darle una demostración a su familia—. Cuando vean todo lo que sabes, no te mandarán a una granja —dijo Arturo.

El sábado por la mañana, Arturo se levantó temprano para
bañar a Pal. Después del desayuno, toda la familia tomó
asiento en el jardín.

—Bienvenidos a la función de Pal —dijo Arturo, conteniendo
la respiración—. ¡Lo que van a ver los asombrará y los dejará
maravillados!

—¡Que no nos siga asombrando o nos destrozará la casa
entera! —dijo D.W.

Arturo dio una palmada.
—Ven —dijo.
Y Pal vino.

—Siéntate —dijo Arturo.
Y Pal se sentó.

—Échate —dijo Arturo.
Y Pal se echó.

Pal les hizo incluso una monería.
—¡Estupendo! —dijo Arturo.

—¡Lo ha hecho muy bien! —dijo mamá.

—Entonces, ¿no tendrá que ir a vivir a una granja? —preguntó Arturo.

—Claro que no —dijo papá—, ni siquiera al garaje.

Nadie se dio cuenta cuando Pal corrió a esconderse detrás de los rosales. . .

. . . y cuando volvió, se sentó y comenzó a mover el rabo.

—¡Miren, tiene algo en la boca! —dijo D.W.

—¡Es la llave del garaje! —dijo Arturo.

—Muy bien, Pal —dijo papá.

—¡Asombroso! —dijo mamá.

Esa noche, Arturo le dio a Pal una cena especial.

—Pal, es hora de salir a pasear —dijo Arturo—. Voy a buscar la correa.

Pero Arturo no pudo encontrarla por ninguna parte.

—Estaba aquí hace un momento —dijo Arturo—. Sé que la dejé aquí.

—Te ayudaré a buscarla —dijo D.W.

Mamá y papá también lo ayudaron.

—Tiene que estar en algún lugar. . . —dijo Arturo.

Nadie se dio cuenta cuando Pal corrió a esconderse detrás de los rosales.